Tatort
Unheimliche V

Von Ulrike Rogler und Simone Veenstra
Mit Illustrationen von Gisela Dürr

gondolino

Umschlagillustration: Gisela Dürr

002

ISBN 10: 3-8112-2547-2
ISBN 13: 978-3-8112-2547-3

Der Umwelt zuliebe gedruckt auf chlorfrei gebleichtem Papier.

5 4 3 2

www.gondolino.de

Inhalt

Fall 1

Das Hexenhaus am Rande des Waldes

„Haltet euch bloß von der Alten fern. Die ist nicht ganz richtig im Kopf. Lauter Löcher im Garten und nicht mal Licht im Haus. Wer weiß, was euch da alles passieren kann!“ Bürgermeister Kralle lächelt, hebt drohend den Zeigefinger und wedelt damit vor Majas Gesicht herum. Die kneift nur die Augen zusammen und wirft ihrem Bruder Bert einen Blick zu.

„Das könnt ihr ruhig auch allen euren Freunden sagen, besser ist das“, wirft Herr Kralle noch über die Schulter, bevor er wichtigtuerisch weiterläuft.

„Warum sagst du denn gar nichts?“ Maja ist wütend.

„Was soll ich denn auf so was sagen?“ Bert zuckt lässig mit den Schultern. „Etwas seltsam ist sie ja schon.“

„Pffft“, Maja schüttelt ungläubig den Kopf, „wenn Marthe wirklich gefährlich wäre, dann würde Mama ihr doch keinen Kuchen vorbeibringen!“

Ihr Bruder lässt wieder die Schultern kreisen. Das hat er sich von irgend so einem Filmstar abgeguckt, und jetzt glaubt er wohl, dass er extrem cool damit aussieht. Maja lässt ihn mitten in der kleinen Fußgängerzone stehen und stapft voraus.

Klar, man hört immer mal wieder seltsame Dinge von der alten Marthe. Einmal soll sie den Bürgermeister sogar mit einer alten Schrotflinte bedroht haben. Ständig gräbt sie in ihrem Garten.

Und dort stehen auch lauter Kreuze. Friedhof der Kuscheltiere sagen die älteren Jungs dazu und erzählen Schauergeschichten. Die einen behaupten, dass Marthe nach Öl sucht, die anderen glauben, dass sie dort entführte Haustiere vergräbt. Bei Vollmond kommen die Geister der gequälten Lebewesen dann hervor und streunen durch den Wald.

Aber Maja ist ja schließlich kein Baby mehr und glaubt nicht alles, was ihr die großen Jungs erzählen. Sie findet das Haus am Wald sehr geheimnisvoll. Wie eine Minivilla steht es da mit seinen Türmchen. Und falls Marthe wirklich eine Hexe ist, dann bestimmt eine gute! Oder?

„Vielleicht sollten wir uns das einfach aus der Nähe ansehen." Bert hat aufgeholt und schaut sie fragend an. „Oder traust du dich nicht?"

„Ich hab doch keine Angst!"

„Also abgemacht", er hält ihr seine offene Hand hin, „heute Abend schleichen wir uns an die Hexenvilla." Maja schlägt ein, das wird sicher ein Abenteuer!

Der Wind rauscht durch die Bäume, als wolle er sämtliche Blätter herabschütteln. Maja und Bert schlagen mit den Armen um sich. Hier am Waldrand sind besonders viele, besonders hungrige Mücken. Zum Glück mussten ihre Eltern heute Abend auf so eine komische Bürgerversammlung. Irgendetwas wegen eines Einkaufszentrums.

„Als ob das hier irgendjemand bräuchte!“, hatte ihre Mutter geschnaubt, als sie sich anzog.

Es ist Vollmond. Auch das noch. Ganz bleich und rund steht er schon tief am Himmel und die Bäume werfen schaurige Schatten. So ganz wohl ist Maja nicht bei ihrem Ausflug. Es ist nicht einmal zehn Uhr, aber irgendwie ist dieser Abend wie für Hexen gemacht. „Uhu-hu“, schallt es aus dem Dickicht, als sie über den Zaun von Marthes Garten klettern, und Maja bekommt Gänsehaut. Was, wenn die Eule Marthe warnt, dass sich zwei Eindringlinge auf ihrem Grundstück befinden?

Sie duckt sich tief in das wildwuchernde Gras und weicht einem Holzkreuz aus. Beinahe wäre sie in ein Loch gefallen, das nur mit einem Drahtgitter abgedeckt ist. Gerade noch kann sie einen Aufschrei unterdrücken. Bert grinst, als er ihr erschrockenes Gesicht sieht. Maja deutet auf ein kleines Grab. Ein paar Gänseblümchen wachsen dort.

„Mikkas sieht genau so aus“, flüstert sie traurig. Mikka war ihr Kater. Letztes Jahr ist er vor ein Auto gelaufen, und Maja hat ihn im Garten beerdigt. Irgendwie kann sie sich nicht so recht vorstellen, dass jemand, der Gänseblümchen gern hat, wirklich eine böse Hexe sein soll.

Ganz in Gedanken rumpelt sie plötzlich in Bert rein, der wie angewurzelt dasteht. „Da parkt ein Auto!“, zischt er aufgeregt.

Maja reckt den Kopf. Tatsächlich. Ein großer, schwarzer Wagen steht vor der Tür der heruntergekommenen Villa.

Wer das wohl ist? Holt sich da jemand einen Zauberspruch ab?, überlegt Maja. Das Auto passt überhaupt nicht hierher. Irgendwie sieht es so furchtbar – hm – städtisch und offiziell aus. Es parkt halb im Gemüsebeet. Ein paar der Bohnenstauden liegen umgeknickt unter den Vorderreifen. Wer macht denn so was?

Bert wird ungeduldig „Komm schon, das sehen wir uns aus der Nähe an!" Er umrundet den Wagen und linst hinein. Maja aber hat etwas viel Spannenderes entdeckt. An einer Seite des Hauses flackert unruhiges Licht durch ein offen stehendes Fenster. Sie schleicht sich leise an. „Uhu-hu", kommt es da wieder aus dem Wald, und sie duckt sich erschrocken in den Schatten.

„Das wirst du noch bereuen!", schallt eine wütende Stimme aus dem Fenster. „Mein nächstes Angebot wird weit weniger großzügig ausfallen. Ach was, du wirst froh sein, wenn irgendjemand überhaupt ..."

„Ich werde überhaupt nicht!", widerspricht die Stimme der alten Marthe und sie klingt gar nicht alt. „Du tust doch so, als ob ich hier auf einer Goldgrube säße. Und wage es ja nicht, mir noch einmal zu drohen, das nächste Mal schieße ich scharf!“ Jemand schnaubt.

„Wart nur ab“, dann wird die Stimme leiser, „die Elektrizität und der Hund sind nur der Anfang ...“ Die Verandatür schwingt auf.

„Bert!“, flüstert Maja erschrocken, aber ihr Bruder hat sich schon mit einem Hechtsprung hinter die Brombeersträucher gerettet. Eine dunkle Gestalt stürmt zu dem geparkten Wagen, steigt ein und fährt kiesschleudernd davon. Natürlich nicht, ohne noch einmal über die Bohnen zu fahren.

Maja blickt den Rücklichtern nach, die im Dunkeln böse glühen. Irgendwoher kennt sie die wütende Stimme. Sie richtet sich auf und späht durch das Fenster. Marthe zündet noch ein paar mehr Kerzen an und seufzt.

Bert kommt herangeschlichen. „Was ist passiert?“

„Jemand hat Marthe bedroht und dann war da noch irgendwas mit einer Goldgrube“, antwortet Maja leise, als eine schwarze Katze an ihr vorbeistreicht und miauend ans Fenster springt. Marthe dreht sich um. Sofort ziehen Maja und Bert ihre Köpfe ein. Das Fenster wird ganz geöffnet, die Katze steigt vorsichtig ins Haus und beginnt zu schnurren.

„Mienz, meine Liebe, diesmal machen sie wohl ernst. Wenn doch nur mein guter Carlo noch da wäre, der hätte diesem Kerl schon Beine gemacht“, hören die beiden, während sie sich an die Hauswand pressen. Das Fenster klappt zu.

„Das war knapp.“ Bert stößt die Luft aus, die er die ganze Zeit angehalten hat. „Du rätst nie, was

dieser Typ am Spiegel hängen hatte!“ Er unterdrückt ein Kichern. Maja ist überhaupt nicht zum Lachen zu Mute.

„Ich bin der Boss.“

„Was soll das denn jetzt?“

Maja wird wütend, aber ihr Bruder erklärt: „Na am Spiegel, da hing so ein Schild mit ‚Ich bin der Boss‘ drauf! So ein Angeber!“

Gerade rechtzeitig schaffen es die beiden nach Hause, als auch schon ihre Eltern heimkommen.

„Das können die doch nicht machen!“, ruft ihre Mama wütend.

„Schließlich sind wir nicht zuletzt hierher gezogen, damit Bert und Maja draußen spielen können.“ Sie öffnet die Tür. „Oh, wieso seid ihr denn noch wach?“

„Was ist denn los?“, lenkt Maja schnell ab.

„Ach, Erwachsenengerede“, murmelt ihr Papa.

„Nichts da!“, widerspricht ihre Mutter sofort. „Das geht die beiden schließlich auch was an. Wenn wir uns nicht durchsetzen, dann können sie bald nicht mehr im Wald spielen. Denn den gibt es dann nicht mehr. Nur noch Asphalt und Beton. Von wegen Goldgrube!“

„Das ist nun mal der Fortschritt, dem kann man sich nicht widersetzen“, versucht Majas Papa sie zu beruhigen.

„Quatsch! Der feine Herr Kralle hat sich ja nicht einmal getraut, uns das selbst zu sagen, der musste ja seinen Stellvertreter vorschicken! Immer einen auf großer Boss machen, und sich dann drücken!“

Maja und Bert schauen sich an. „Eine Goldgrube am Waldrand?“, unterbricht Maja die Eltern erstaunt.

Der Vater grinst „Na ja, kommt drauf an, wie man’s sieht.“

Bert nickt altklug. „Dann hat Hexenmarthe also doch einen guten Grund, Löcher zu buddeln.“

Maja legt die Stirn in Falten und grübelt. „Ne, ich glaube, das ist anders. Marthe ist keine Hexe. Aber irgendwer will, dass wir das glauben. Und ich weiß auch wer und warum!“

Hast du auch so schnell kombiniert wie Maja?

Fall 2
Halloween

„Guck mal, Clemens! Wie findest du das?“ Nele steht strahlend vor ihrem großen Bruder, Blut tropft von ihren klebrigen Haaren, ein Beil spaltet ihren Kopf.

„Geht so“, brummt Clemens, „das Kostüm hat doch jeder Zweite.“

„Was ziehst du denn an?“ Nele lässt sich die Laune nicht verderben. Sie hat morgen Geburts-

tag, und deshalb macht sie eine Party. Aber nicht irgendeine normale Party, sondern eine echte Halloween-Party. Dafür hat sie sich den denkbar besten Ort ausgesucht: die gruselige alte Villa am Waldrand! Ein Arbeitskollege von Neles Mutter hat die Villa neulich gekauft. Und bevor er sie renoviert, darf Nele darin noch ihren Geburtstag feiern. Krawumm! Nele wird aus ihren Gedanken gerissen.

„Mist!“, flucht Clemens. Mühsam befreit er sich aus seinem Kostüm.

„Was ist passiert?“ Nele guckt in Clemens’ Zimmer. Einige Bücher aus dem Regal liegen auf dem Boden. Clemens hat sie mit seiner Verkleidung runtergerissen.

„Ich bin mit einem Ast hängen geblieben. Mist! Hoffentlich ist er nicht abgebrochen.“ Clemens untersucht sein Kostüm.

Nele guckt skeptisch: „Was soll das eigentlich sein?“

„Sieht man doch“, faucht Clemens. Er hat seit Tagen daran gebastelt. „Ein Galgenbaum!“

„Du gehst zu Halloween als Galgenbaum?“

„Was ist daran auszusetzen? Es ist bestimmt das beste Kostüm. Und das wird es auch nicht zweimal geben, so wie dein Beil im Kopf.“

„Aber es ist ziemlich unpraktisch!“ Nele beobachtet Clemens, der umständlich an dem Baumkostüm mit den langen Ästen herumbastelt.

„Ist doch egal. Die Party ist doch sowieso Kinderkram. Nur weil es in dem alten Haus ist, ist es nicht automatisch gruselig.“

„Du spinnst! Und du brauchst ja auch nicht zu kommen!“

Aber natürlich ist Clemens dabei. Schließlich hat er tagelang an seinem Kostüm gebastelt. Außerdem findet er Anja, eine Freundin von Nele, ziemlich toll.

„Das haben wir gut hinbekommen!“ Anja blickt zufrieden auf die Gruseldekoration, an der sie mit Nele und Dana den ganzen Tag gesessen hat. Der dunkle Weg vom Gartentor bis zur Villa wird von Kürbissen schwach beleuchtet. Zu dritt haben sie die Kürbisse ausgehöhlt, fratzenhafte Gesichter hineingeschnitzt und Kerzen reingestellt. Im Partyraum haben sie Spinnweben – künstliche natürlich – aufgehängt, eine Schüssel

Horrorbowle mit Augen aus Fruchtgummi dekoriert und eklig-gruselige Halloweengerichte gekocht und gebacken.

„Wo ist denn Dana? Sie wollte doch pünktlich kommen." Nele lässt ihren Blick suchend durch den Raum schweifen. Überall tanzen Hexen, Geister, Mumien und was es sonst noch so gibt.

„Ich verstehe das auch nicht." Anja kann die Freundin ebenfalls nirgends entdecken.

„Hihi", kommt plötzlich eine Stimme. Anja und Nele gucken nach unten. Klein und zusammengekauert, aber mit einem riesigen Buckel, steht da eine alte Frau. Ein Auge ist ganz trüb, als wäre sie darauf blind.

Mit einem zahnlosen Grinsen sieht die Alte die beiden Mädchen an. „Ich bin schon ewig hier!", krächzt sie. Anja und Nele starren die Frau an.

„Hallo, ich bin's!", sagt sie und richtet sich auf.

„Dana!", rufen Anja und Nele wie aus einem Mund. „Mensch, siehst du echt aus!"

„Habt ihr mich nicht erkannt?" Dana freut sich. „Und habt ihr schon Harald und Mika gesehen?"

Anja und Nele schütteln die Köpfe.

„Sie sind gerade gekommen." Dana zeigt zur Tür. „Ein Drachen mit zwei Köpfen! Umständlicher gehts echt nicht!"

Tatsächlich, die beiden haben sich in ein gemeinsames Kostüm gequetscht.

„Das mit dem Laufen müssen sie wohl noch etwas üben." Nele lacht, denn gerade will der eine Teil des Drachens nach links zum Buffet und der andere Teil nach rechts, um sich etwas zu trinken zu holen.

Als die Party gerade richtig in Gang kommt, betritt plötzlich ein Fremder den Raum. Er ist so groß, dass er nicht durch die Tür kommt, ohne sich zu bücken. Mit seltsam langsamen aber dafür umso größeren Schritten bewegt er sich durch den Raum. Er hat ein blasses, langes Gesicht und eine schwarze Sonnenbrille, die seine Augen verbirgt.

„Wer ist denn das?", fragt Anja.

„Keine Ahnung." Nele läuft ein kalter Schauer den Rücken runter. Sie blickt zu ihren Eltern rüber, die es sich in einer Ecke im Nebenzimmer gemütlich gemacht haben. Jetzt ist Nele doch froh, dass sie darauf bestanden haben, bei der Party dabei zu sein. Nele sieht sich nach Clemens um. Er steht immer noch in der gleichen Ecke, in der

er schon den ganzen Abend steht. Mit seinen langen Ästen will er sich wohl nicht so viel bewegen. Sein Freund Sadek ist bei ihm. Sadek hat sich als Skelett verkleidet. Die beiden beobachten den großen Mann misstrauisch.

„Ob ich mal zu dem seltsamen Typen rübergehen soll?", fragt Nele ihre Freundinnen.

„Warte doch erstmal. Solange er nur da steht, ist es doch okay." Dana ist fürs Abwarten.

„Ich finde den Typen unheimlich", Anja ist näher zu ihren Freundinnen gerutscht. „Seht doch mal, wie der uns beobachtet! Der führt doch was im Schilde."

„Ach was, ich gehe jetzt tanzen!" Nele hat keine Lust, sich von dem Unbekannten ihren Geburtstag verderben zu lassen. Vielleicht ist es ja auch nur ein Freund von Clemens. Aber hätte er dann nicht wenigstens zu Clemens Hallo gesagt?

Bald vergessen die drei Freundinnen den unheimlichen Riesen. Ausgelassen feiern sie Halloween und Neles Geburtstag. Plötzlich geht das Licht aus. Zack! Es ist stockfinster. Die Musik ist aus. Nur ein paar mickrige Kerzen beleuchten den großen Raum.

„Was ist das?“, fragt eine ängstliche Stimme aus der Dunkelheit.

„Ein Stromausfall“, kommt es aus einer anderen Richtung.

„Habt ihr auch das Gepolter gehört bevor das Licht ausgegangen ist?“, fragt Anja, die neben Nele steht. Einige haben ebenfalls etwas gehört.

„Ich gehe mal zu meinen Eltern“, sagt Nele. Vorsichtig tatstet sie sich durch das dunkle Zimmer. „Mama? Papa?“ Sie bekommt keine Antwort. Sie fragt noch einmal lauter in die Dunkelheit: „Mama? Papa?“ Nichts. Sie ruft laut. Wieder nichts. „Sie sind nicht da“, sagt sie zu den anderen, die hinter ihr stehen.

„Wollen die uns erschrecken?“, fragt Dana.

„Das wäre aber ein blöder Scherz!“, kommt eine Stimme von weiter hinten. „Quatsch, so was würden sie niemals tun!“ Nele kann sich nicht vorstellen, dass ihre Eltern sich so einen schlechten Scherz ausdenken würden. Langsam wird ihr mulmig. Den anderen scheint es genauso zu gehen.

„Wir müssen sie suchen“, schlägt jemand vor. Alle nehmen sich Kerzen und laufen durch die dunkle Villa.

„Mama! Papa!“, ruft Nele laut.

Die anderen rufen ebenfalls: „Frau Meyer! Herr Meyer!“, aber auch sie bekommen keine Antwort. Ängstlich und in kleinen Gruppen schleichen sie über die knarrenden Dielen. Im flackernden Kerzenlicht tanzen überall Schatten. Schließlich versuchen sie es im Garten. Plötzlich taucht ein Licht hinter dem Gartenzaun auf.

„Was ist denn los?“, fragt Neles Papa.

„Wo wart ihr denn? Der Strom ist ausgefallen!“ Nele ist ganz aufgeregt.

„Wir waren nur kurz zu Hause, um noch Kerzen zu holen und uns ein bisschen zu bewegen“, erklärt Neles Mama.

„Was ist denn mit dem Strom?“, fragt Neles Papa und macht sich gleich mit der Taschenlampe in der Hand auf den Weg in den Keller zum Sicherungskasten. Die Kinder folgen. Der Sicherungskasten ist offen.

„Alle Sicherungen sind herausgedreht“, Neles Papa ist verwundert. „Das muss jemand mit Absicht getan haben.“ Er schraubt die alten Sicherungen wieder rein. In der ganzen Villa gehen die Lampen wieder an, und Nele seufzt erleichtert. War das gruselig!

„Na, dann kann die Party ja weitergehen“, sagt Neles Papa, während er ein paar Farbeimer aufhebt, die von dem Regal neben dem Sicherungskasten gefallen waren.

„Das war bestimmt der unheimliche Typ“, flüstert Anja, als sie oben ankommen. „Guck, der war

auch die ganze Zeit hier und hat nicht suchen geholfen."

Tatsächlich steht der seltsame Riese immer noch in der einen Ecke des Raumes. Gegenüber sitzt Sadek auf einem Stuhl neben Clemens, der sich mit seinem Kostüm nicht hinsetzen kann. Ein Ast ist etwas abgeknickt und fällt Sadek dauern auf den Kopf.

Entschlossen geht Dana rüber zu dem unheimlichen Riesen. „Es reicht jetzt!", faucht sie ihn an. „Verschwinde von unserer Party!"

Der Riese guckt sie verwundert an und nimmt die Brille von der Nase, während er sagt: „Was ist denn jetzt los, Dana?"

„Mensch, Andreas!", ruft Dana. „Ich habe dich gar nicht erkannt. Die Sonnenbrille! Und wieso bist du so groß?"

„Ich habe mir Stelzen gebaut“, erklärt Andreas, „dummerweise kann ich damit aber gar nicht gut laufen.“

„Dann warst du es also gar nicht?“, mischt sich Anja ein.

„Wer war es denn dann?“

„Ich weiß es!“, ruft Nele vorwurfsvoll.

Was meint sie wohl damit?

Fall 3

Die Motorradgang

„Diese Motorradgang hat wieder zugeschlagen. Diesmal haben sie sich die Tankstelle in Leersheim ausgesucht.“

„Ach, na ja, zugeschlagen würde ich das ja jetzt nicht nennen. Die laufen ja nicht mit einer Pistole rein und rauben alles aus.“

Tim dreht sich um. Der Mann, der gerade geredet hat, macht mit der rechten Hand eine Pistole nach.

„Kriminell sind sie! Die gehören hinter Schloss und Riegel.“ Gespräche wie dieses von den beiden Männer hört man schon seit Tagen in dem kleinen Städtchen, in dem Tim wohnt. Seit ein paar Wochen klappern drei oder vier, so genau weiß man es nicht, Motorradfahrer die Tankstellen der Umgebung ab, tanken ihre Motorräder voll und hauen ab, ohne zu zahlen.

Der eine Mann fängt wieder an: „Früher oder später …“ Aber da kommt endlich Jan angerannt.

Jan und Tim sind zum Schwimmen verabredet.

„Entschuldigung“, keucht Jan, „mein Rucksack war offen und da ist alles rausgefallen. Ich musste die ganzen Sachen wieder einsammeln. Das hat so lange gedauert.“

„Ist nicht so schlimm. Der Bus kommt ja auch jetzt erst.“ Tim zeigt auf den Bus, der gerade auf die Haltestelle zufährt.

Tim legt dem Fahrer sein Geld hin und bekommt eine Fahrkarte. Jan kramt in seinem Rucksack. Weil er alles so schnell wieder in den Rucksack stopfen musste, findet er jetzt sein Geld nicht.

„Mist!“, flucht er. „Das Geld ist im ganzen Rucksack verstreut.“ Endlich hat er genug Münzen zusammen. Er legt sie dem Busfahrer hin. Dabei fällt ihm eine Münze auf den Boden und rollt weg. „Oh nein!“, ruft Jan erschrocken. „Das war mein Glückspfennig. Wo ist er?“ Jan und Tim gucken auf den Boden, aber sie können die Münze nicht entdecken. Der Busfahrer nimmt ungerührt das Geld, das Jan ihm hingelegt hat, und gibt ihm dafür eine Fahrkarte. Dann will er losfahren.

Aber Jan ist ganz außer sich: „Stop!“, ruft er, „ich brauche meinen Glückspfennig. Vorher dürfen sie nicht losfahren.“

„Was soll das?“, schimpft der Busfahrer ungeduldig, „ist doch nur ein Cent. Hier hast du einen neuen. Und jetzt lass mich endlich losfahren.“

Jan hat seinen Rucksack zwischen die Türen gelegt, sodass sie nicht schließen und der Bus nicht abfahren kann. „Ich will nicht irgendein Centstück, ich will meinen Glückspfennig! Das ist noch ein alter Pfennig und den hat mir mein Opa geschenkt."

Der Fahrer ist mittlerweile ungehalten: „Nimm deine Tasche aus der Tür und setz dich – oder verschwinde! Ich will jetzt weiterfahren!" Grob packt er Jan am Arm und reißt ihn von der Tür weg.

Eine alte Frau mischt sich ein. Sie fordert den Busfahrer auf, ebenfalls nach dem Glückspfennig zu suchen. Murrend gibt der Fahrer nach. Er zieht seinen Schlüssel vom Lenkrad ab. An dem

Schlüsselbund ist eine Minitaschenlampe, mit der er den dunklen Boden nach dem Pfennig absucht. Und siehe da, es dauert nicht lange, und er hat den Pfennig entdeckt.

„Da!", ruft er mürrisch und deutet auf den Boden, „aber aufheben musst du ihn schon selber."

Jan ist froh, dass sein Glückspfennig wieder aufgetaucht ist. Er bückt sich, um die Münze aufzuheben. Mühsam muss er um den Busfahrer herum krabbeln, weil der sich keinen Schritt zur Seite bewegt. Er steht da in seinen dicken schwarzen Lederstiefeln und rührt sich nicht, obwohl er genau sieht, dass Jan so kaum an seinen Talisman kommt. Dabei hat der doch selbst auch einen Glücksbringer. Ein bescheuertes kleines

Glöckchen ist an seinem rechten Stiefel festgemacht. So etwas Blödes hat Jan noch nie gesehen.

Aus Wut über den Busfahrer nimmt Jan ein kleines Kügelchen aus silbernem Kaugummipapier und stopft es unbemerkt in das kleine Glöckchen. Jetzt kann es nicht mehr klingeln und bringt deshalb bestimmt auch kein Glück mehr. Zufrieden mit seiner Tat und glücklich über den wiedergefundenen Pfennig steht er auf.

„Bis später!“, ruft Tim, als die zwei sich nach dem Schwimmen trennen. Sie wollen sich abends noch mal treffen. Erstens sind Sommerferien und zweitens müssen sie mal wieder nach ihrem Büro gucken. Das Büro ist ihr Versteck, und das ist in dem verlassenen Forsthaus am Waldrand. Der Förster wohnt längst in einem neuen Haus auf dem Hügel.

Vor den Sommerferien haben Jan und Tim sich in einem der Zimmer ein Versteck eingerichtet. Sie sind nämlich Hobbydetektive. Auch wenn sie bis jetzt nur die entlaufenen Katze von Tims klei-

ner Schwester suchen mussten. Und Detektive, ob Hobby oder nicht, brauchen ein Büro. Nachdem beide mit ihren Eltern im Urlaub waren, wird es jetzt höchste Zeit, dort nach dem Rechten zu sehen.

Das Büro ist unter dem Dach. Sie haben sich dieses Zimmer ausgesucht, weil man von dort einen weiten Blick aus dem Fenster hat. Und weil hier noch ein alter Schreibtisch steht.

Oben sieht alles genauso aus wie sie es verlassen haben. Jan holt ein Heft aus der Schreibtischschublade. „Das Buch ist noch da."

‚Fälle' steht auf dem Heft. Er schlägt es auf. 1. Fall: Entführte Katze – gelöst. Detektive: Jan, Tim. Erleichtert setzen sie sich. Eine Weile beratschlagen sie, wie es nun mit ihrer Detektivarbeit weitergehen soll. Dabei vergeht die Zeit so schnell, dass sie gar nicht bemerken, dass es draußen schon dunkel wird. Sie sitzen im Kerzenlicht und planen ihre Detektivzukunft. Plötzlich werden sie von ohrenbetäubendem Motorradlärm aufgeschreckt. Jan pustet die Kerze aus.

„Was ist das?", ruft Tim und springt zum Fenster. Jan stellt sich neben ihn. Angestrengt starren sie aus dem Fenster, aber in der Dunkelheit lässt sich nichts erkennen.

„Da!", flüstert Tim aufgeregt und zeigt aus dem Fenster. Ein schwacher Lichtschein schimmert auf. Schemenhaft sieht man schwarze Gestalten in der Dunkelheit.

„Die Motorradgang!" Jan packt Tim am Ärmel. „Und jetzt?", fragt Jan ängstlich.

„Wir müssen runter, vielleicht erkennen wir jemand." So leise sie können, schleichen sie durch das stockdunkle Haus. Sie hören gedämpfte Stimmen vor dem Haus. Vorsichtig öffnet Tim das Küchenfenster. Er hofft, dass sie dann mehr hören können. Dummerweise quietscht das Scharnier, weil es so lange nicht mehr geöffnet wurde. Ängstlich halten die beiden die Luft an.

„Verdammt“, hören sie jetzt deutlich eine Stimme von draußen, „habt ihr das auch gehört?“

„Was?“, fragt eine andere Stimme.

„Da ist doch jemand!“ Timm und Jan gucken sich ängstlich an.

„Quatsch!“, widerspricht eine dritte Stimme.

„Doch. Ich hab’s deutlich gehört. Das kam vom Haus. Frank, gib mir mal deine Lampe.“

„Ha, ha Lampe. Das ist wohl eher ein Lämpchen“, lacht die dritte Stimme.

„Ist doch egal“, sagt der Erste wieder, „ich will gucken, was da ist. Also gib her!“

„Warte kurz, ich muss nur ... so, da ist es ja. Ein Stück Papier. Das nervt mich schon den ganzen Tag. Wie ist es nur dahin gekommen?“

Jan und Tim hören, wie sich Schritte nähern. Tim spürt sein Herz so heftig schlagen, dass er sich sicher ist, der Mann draußen muss es auch hören.

Und dann spürt er noch etwas Anderes: Ein Kribbeln in der Nase! Oh nein, bloß nicht niesen, denkt er. Aber zu spät. „Hatschi!“, macht er und drückt seinen Mund in die Armbeuge. Das dämpft den Nieser zwar, aber nicht genug.

„Da!“, ruft der Mann draußen.

„Jetzt hab ich’s auch gehört“, sagt der, den sie Frank nennen.

„Wer ist da?“, ruft der dritte Mann. Tim und Jan rühren sich nicht. Draußen ist es still.

„Verdammt“, sagt Frank jetzt, „lasst uns abhauen. Mir wird das hier unheimlich.“

Tim und Jan hören kurz darauf erleichtert, dass sich die Schritte entfernen. Dann werden Motorräder gestartet.

„Das war knapp“, flüstert Jan mit zittriger Stimme. Doch Tim hat sich längst von seinem Schrecken erholt.

„Mist! Das waren bestimmt die Tankstellenräuber. Schnell raus, vielleicht erkennen wir noch was!“

Die beiden stürzen aus dem Haus. Aber in der Dunkelheit ist niemand mehr zu sehen. Plötzlich kommt der Mond zwischen den Bäumen hervor und beleuchtet den Weg vor dem Haus. Tim tritt gedankenverloren mit dem Fuß gegen eine kleines silbernes Kügelchen, das im Mondlicht blitzt.

Kaugummipapier, denkt Jan, der das Kügelchen ebenfalls gesehen hat.

„Wir sind zu spät. Wie blöd! Wir hätten sie bekommen können."

Jan betrachtet das Kügelchen und sagt langsam: „Ich glaube, ich weiß, wer es war."

Hast du auch schon so eine Ahnung?

Fall 4

Geisterkirschen in Nachbars Garten

„Schnell, schnell, da kommt Zerberus!“ Magnus’ Großtante Grete kichert. Eilig lässt Magnus die prall gefüllte Plastiktüte hinter ihrem Rücken im Rollstuhl verschwinden.

„Was haben Sie so weit weg von der Villa zu suchen?“, brummt der miesepetrige Parkgärtner Kummer, als er bei den beiden ankommt.

„Biologieunterricht, mein Bester“, antwortet die Tante und schießt einen unschuldigen Blick auf ihn ab. „Ich habe gerade meinem Neffen hier erklärt, wie aus ein paar Blüten solche wundervollen Früchte entstehen. Und das macht man ja bekanntlich am besten vor Ort, nicht wahr?“ Magnus verkneift sich ein Grinsen. Seine Tante wickelt doch wirklich alle Menschen um den kleinen Finger.

Der Gärtner sieht schon gar nicht mehr so schlecht gelaunt aus. „Hm“, brummt er versöhnlich, „stimmt schon, nicht jeder hat so feine Kirschen in seinem Garten. Das macht die Erde, mein Junge.“

„Und natürlich Ihre liebevolle Pflege“, schiebt Grete nach und dreht ihren elektrischen Rollstuhl um. „Komm, Magnus, ich wollte dir doch noch das mit den Bienchen und Blümchen erklären.“ Schon rast sie mit quietschenden Reifen los.

Als Magnus an dem Gärtner vorbeiflitzt sieht er, wie der sich geschmeichelt den Bart streichelt: „Liebevolle Pflege, ja, das ist es wohl.“

„Bienchen und Blümchen?“, prustet Magnus schließlich, als sie außer Hörweite sind. „Was sollte das denn?“

Vor ihnen ragt die Villa Schönblick auf. Seine Tante schießt in ihrem Elektromobil die Rampe hoch auf die Terrasse. Vorbei an ein paar alten Damen und Herren, die hier draußen auf den Bänken die Sonne genießen. „Na, ich musste doch ein Thema finden, bei dem Herr Kummer nicht unbedingt mitreden will. Oder möchtest du lieber einen Vortrag über Brombeersträucher anhören?“

Magnus schüttelt noch immer grinsend den Kopf, als sie schon längst in Gretes Ein-Zimmer-Appartement des Altersheimes sitzen und die gemopsten Kirschen futtern. Es klopft: drei Mal lang, drei Mal kurz.

„Äh, herein, wer mit mir und meinem Neffen gut Kirschen essen will“, ruft Grete, und der alte Ben steckt vorsichtig den Kopf ins Zimmer und schnieft unsicher

„Oh, du bist nicht alleine.“

„Keine Scheu, mein Lieber, das ist nur Magnus, vor dem brauchst du keine Angst zu haben."

Ben schiebt sich seitwärts durch die Tür, schnieft noch einmal und klingt dabei, als würde er seufzen. Er setzt sich neben Magnus auf das Sofa und blickt Grete an. „Wollen wir heute Abend vielleicht – äh – Schach spielen? Gudrun und Heinz wären auch dabei."

Grete wirft Magnus einen Blick zu. „Ja, das scheint mir eine gute Idee zu sein."

Mit vollem Bauch macht sich Magnus auf den kurzen Heimweg. Er wohnt mit seinen Eltern nur ein Stückchen weiter oben am Berg. Und das ist auch prima so, denn dann kann er seine Lieblingstante so oft er will besuchen. Manchmal machen sie dann Ausflüge, und Grete rast in ihrem quietschenden Rollstuhl so schnell, dass er fast neben ihr her joggen muss. Manchmal stellt er sich auch hinten auf das Trittbrett und fährt mit.

Aber jedes Mal, wenn er geht, ist es ihm ein wenig mulmig zu Mute. Schach spielen mit dem alten Ben, dem einbeinigen Heinz und der dicken Gudrun, das scheint ihm eine sehr langweilige Abendbeschäftigung zu sein. Seine lebenslustige Tante tut ihm Leid. Früher war sie ständig unterwegs und gewann im Billard, Tischfußball und Dart einfach gegen alle! Aber seit ihrem Unfall wohnt sie hier in der

Villa Schönblick. Und die schließt gegen neun Uhr abends das Gartentor!

Grete behauptet, wenn ihr nachts langweilig würde, könnte sie ja den ‚gruseligen Vieren' beim Geistern zusehen. So nennt sie das Gespensterquartett, das angeblich im Park des Altersheims sein Unwesen treibt.

Vor vielen hundert Jahren haben angeblich die letzten vier Nachfahren des Grafen Schönblick vergeblich ihre Villa verteidigt – gegen die Franzosen. Oder waren es die Franken? Magnus hat es vergessen. Jedenfalls gab es irgendeinen Hinterhalt, und seitdem spuken die Geschwister im Park und passen auf ihre Villa auf. Damit niemand eindringt, der dort nicht hingehört. Magnus schüttelt sich. Begegnen möchte er den vieren nicht.

Aber die meiste Zeit ist er ja dort mit Grete unterwegs, und die darf ja dort sein, nicht wahr? Einige andere hatten weniger Glück. Peter zum Beispiel schwört Stein und Bein, dass er die Geister selbst gesehen hat, als er nach seiner letzten Mutprobe schlotternd wieder aus dem Park gerannt kam. Mal sehen, was heute Nacht passiert ...

„Komm schon, du glaubst den Mist doch nicht etwa?“ Felix, Magnus’ bester Freund grinst ihn an. „Jeder weiß, dass Kummer die besten Kirschen hat. Das wird ein Spaß, sag ich dir!“ Magnus wiegt den Kopf hin und her. Felix hat ja Recht: Eigentlich ist er zu alt, um an Geister zu glauben. Aber trotzdem wäre es ihm lieber, wenn sie sich für ihr Nachtabenteuer ein anders Ziel ausgesucht hätten.

Auch Peter blickt zu Boden. Aber er nickt, schließlich hat er was gutzumachen. Das letzte Mal haben die anderen ihn ausgelacht. Das passiert ihm nicht noch einmal!

„Also gut“, seufzt Magnus, „um elf Uhr an der alten Eiche.“

Nur wenig später lauscht Magnus mit angehaltenem Atem auf die Geräusche aus dem Wohnzimmer: Der Fernseher läuft. Unter seine Decke hat er ein paar Kissen gestopft, sodass es aussieht als läge er schlafend im Bett. Jetzt noch vorsichtig das Fenster öffnen, anlehnen und ab durch Nachbars Garten. Die andern beiden warten schon.

„Hey, Mag, hier drüben!“, flüstert Felix aufgeregt. Peter schlottert, als die drei sich an das Parktor der Villa heranschleichen und drüberschwingen. Sachte bewegen sich die großen Bäume im Nachtwind. Der Mond versteckt sich hinter den Wolken, es ist stockdunkel. Magnus macht die Vorhut, schließlich war er erst heute Mittag hier und weiß genau, wo die Kirschbäume

stehen. Die beiden andern schleichen tief gebückt hinter ihm her.

Gerade haben sie den ersten Baum erreicht, da geschieht es. Leise knackend öffnet sich die Tür zum Gemeinschaftsraum des Heimes und entlässt eine seltsame Prozession. Eine hochgeschossene Gestalt im schwarzen Anzug schreitet voran, danach ein rundes, hopsendes Geschöpf, gefolgt von siamesischen Zwillingen. Diese scheinen zu schweben. Keine Beine sind zu sehen. Peter schreit auf, und vom Haus her ist ein leises Stöhnen zu hören.

„Seht ihr, ich hab nicht gesponnen, genau so war es auch beim letzten Mal!“ Peter zittert so

sehr, dass er sich gegen einen Baumstamm lehnen muss und langsam daran hinunterrutscht. Auch Felix und Magnus werfen sich ins Gras.

„Ich wusste gar nicht, dass zwei der Geschwister zusammengewachsen waren“, wimmert Felix. „Oh Mann, ist das unheimlich!“

Magnus späht über einen Strauch. Vorsichtig schreitet der Lange voran und stöhnt hin und wieder. Um das zweite Gespenst wehen gruselige, hauchdünne Schleier. Und die Zwillinge schweben fast geräuschlos vorbei, hin und wieder knirscht es. Der hintere Kopf beugt sich nach vorne, um mit dem anderen zu flüstern.

„Oh, mein Gott, ich sehe ein Bein, es schwebt auf einen Bein!“ Peter hält sich die Hände vor die Augen und wimmert. Auch Felix und Magnus drücken ihre Gesichter in den Boden. Hoffentlich werden sie nicht entdeckt! Da startet ein Auto.

Magnus schielt über das Gras. Ohne Licht fährt einer der Heim-Kleinbusse aus der Einfahrt. Er schüttelt den Kopf. Ein Auto? Wozu brauchen Gespenster ein Auto? Und plötzlich muss er grin-

sen. „Männer“, kichert er, „ich glaube, heute Abend sind die Geister ausgegangen. Und ich wette, sie gehen irgendwohin, wo man mit kleinen Bällen oder spitzen Pfeilen spielen kann. Für heute sind wir sicher.“

Felix und Peter starren ihn mit aufgerissenen Augen an. „Was?“

Doch Magnus grinst nur.

Hast du auch eins und eins zusammengezählt und weißt jetzt, was es mit den ‚gruseligen Vieren' auf sich hat?

Fall 5

Das Wirtshaus im Spessart

Rums, Flora schmeißt wütend ihren Kulturbeutel in die Reisetasche. Schwupp, das kleine Radio fliegt gleich hinterher. Obendrauf der Schlafsack, fertig.

So ein Mist! Da hatte sie heute Morgen extra das Fieberthermometer unter den Warmwasserhahn gehalten, aber ihre Mutter war dahinter gekommen. Vielleicht hätte sie es doch nicht auf 43 Grad ansteigen lassen sollen? Mist, Mist, Mist!

„Fertig, Schatz? Können wir?“ Papa steckt den Kopf durch die Tür und grinst. Na klar, er muss ja auch nicht eine Woche ins Landschulheim. Gut gelaunt schnappt er die Tasche und marschiert die Treppe runter. Flora trottet hinterher.

„Nun schau doch nicht so griesgrämig, das wird bestimmt lustig!“

„Wenn Flora nicht fährt, darf ich dann?“, piepst ihr kleiner Bruder Fabian.

„Bitte, von mir aus gerne. Mach du blöde Wanderungen mit meiner langweiligen Klasse.“

„Au ja, au ja!“ Wie ein wild gewordener Zwerg hüpft Fabian durchs Zimmer. Flora seufzt, als sie sich von ihrer Mama und ihrem Bruder verabschiedet. Wenigstens kommen die beiden nicht mit. Das hätte gerade noch gefehlt: als Mamakind dazustehen.

So wie Evi, deren Mutter gar nicht mehr aufhört, Ratschläge zu erteilen. „Und pass auf Hornissen auf. Und vergiss nicht: drei Mal am Tag Zähneputzen. Ich hab dir auch eine Muskelcreme eingepackt, die trägst du auf, wenn ...“

„Ja, ja“, unterbricht Evi sie, drückt ihr einen Kuss auf die Wange und steigt in den Reisebus. „Uff!“ Mit einem Seufzen lässt sie sich auf den Sitz neben Flora plumpsen. „Was für ein Theater jedes Mal, als wäre ich ein Baby.“ Sie verzieht das Gesicht. „Das habe ich jetzt davon, dass ich versucht habe eine Erkältung vorzutäuschen.”

Flora kichert: „Echt, du auch?“ Jetzt müssen beide lachen. Vielleicht wird diese Woche doch nicht so furchtbar.

„... früher war das Anwesen ein Wirtshaus.“, erklärt Herr Baumer, der Klassenlehrer. „Viele

Reisende machten dort auf ihrem langen Weg zur Villa des Grafen Hunsrück Halt. Sonst gab es weit und breit keine Menschenseele. Das könnt ihr gut auf den Karten sehen, die ich euch ausgeteilt habe. Auf der linken Seite sind unsere Wanderrouten eingezeichnet, die rechte Seite ist eine exakte Kopie aus dem 19. Jahrhundert. Vor Ort zeige ich euch dann ...“

Flora studiert die Farbkopie auf ihren Knien.

„Wow, das sieht echt aus, wie das Wirtshaus im Spessart“, flüstert Evi und deutet auf die historische Karte, „ob es dort auch Räuber gibt?“

Flora hält ihr die aktuelle Seite mit den vielen eingezeichneten Wegen unter die Nase. „Wenn, dann nur noch Räubergeister, fürchte ich.“

„Na, dann müssen wir eben die suchen.“ Evi reibt sich die Hände. „Wär doch gelacht, wenn wir da nicht das eine oder andere Rätsel aufspüren könnten, oder?“

Und tatsächlich ist das alte Wirtshaus ein bisschen unheimlich. Neben vier Schlafsälen, einem Speisesaal und dem Aufenthaltsraum ziehen sich kleine verwinkelte Treppen durch das Gebäude.

Ein kleiner Bach gluckert hinter dem Haus und dreht das knarrende Mühlrad im Kreis.

„Hier hinten habt ihr nichts verloren“, brummt der Hauswirt Köhler und fügt dann noch dazu: „Und dass ich keinen erwische, der versucht auf den Dachboden zu steigen, ist das klar?!“ Sarah, seine 14-jährige Tochter, nickt grimmig dazu.

Evi stupst Flora in die Seite. „Ich glaube, da haben wir schon unser Geheimnis“, flüstert sie. Flora nickt, und Sarah schießt einen bösen Blick auf die beiden ab.

Schon in der ersten Nacht sind komischen Geräusche zu hören: Vorsichtige Schritte an der Mauer entlang, über ihren Köpfen, ein leises Quietschen.

„Hörst du das?“, fragt Flora, aber Evi im Bett neben ihr schläft tief und fest. Das Mondlicht wandert unheimlich durch das Zimmer. Flora seufzt. Na toll, morgen ist die erste Wanderung, und sie kann nicht schlafen. Also kramt sie ihr kleines Radio heraus und setzt die Kopfhörer auf. Es quietscht und rauscht.

Sag bloß, man kriegt hier keinen anständigen Sender rein? Doch, hier, was ist das?

„Willkommen, Freunde der Nacht, die ihr nicht schlafen könnt. Zwischen neun und elf wird es wieder SPOOOOKYYY!“

Flora lauscht gebannt. Da erzählt jemand Gruselgeschichten über's Radio. Toll! Ob das so ein Piratensender ist, von dem ihre Eltern mal erzählt haben? Also jemand, der heimlich und ohne Genehmigung ein Programm ausstrahlt?

Immer wenn eine Geschichte zu Ende ist, jammern seltsame Töne durch die Kopfhörer. Sie kommen Flora irgendwie bekannt vor. Schläfrig denkt sie an ihren Vater, der eine Holzfigur für Fabians Bauernhof aussägt ...

„Aufwachen, Schlafmütze!“, kichert Evi und kneift Flora in den großen Zeh. Die fährt erschrocken hoch. In ihren Ohren rauscht es, was ist denn jetzt los?

Evi zieht an dem Kabel und lässt die Kopfhörer vor Floras Gesicht baumeln. „Hast du etwa die ganze Nacht Musik gehört?“

„Nein, was viel Spannenderes!“ Beim Wandern berichtet Flora ihrer neuen Freundin von dem Geistersender. Die macht große Augen und zusammen beschließen sie, herauszufinden, was dahintersteckt.

Spannend ist auch, was Herr Baumer noch von dem Wirtshaus zu berichten weiß: „Früher gab's dort auf dem Dachboden massenhaft Fledermäuse.“ Ein paar Schüler quietschen auf. „Keine Angst, Leute, da waren sicher nicht mehr als zwei oder drei Vampire drunter“, macht sich der Lehrer lustig. „Aber mal im Ernst, Fledermäuse sind sehr interessante Tiere, obwohl sie fast blind sind. Sie haben dafür eine Art eingebauten Radar und können Schallwellen aussenden und empfangen, die für das menschliche Ohr nicht hörbar sind.“

„Sozusagen tierische Radioempfänger“, kichert Jan dazwischen.

Der Lehrer nickt. „So in etwa. Vor einem Jahr waren sie plötzlich weg. Wie vom Erdboden verschluckt. Alle. Und keiner weiß, warum."

Jetzt ist kein Halten mehr, alle erfinden wilde Theorien. „Vielleicht gibt es ein Fledermausimbiss in der Stadt?", mutmaßt der dicke Rudi.

„Fledermausschenkelchen mit Ketchup", kichert Gabi dazwischen.

Und der vorlaute Jan schreit: „Quatsch, die haben sich vermutlich eine Unterkunft in der Nähe eines Mädcheninternats gesucht, da gibt es mehr zu beißen – grrrrrrr ..." Er wedelt mit den Armen und flattert mit wildem Blick um Flora und Evi herum.

„Pah", macht Flora, „denen ist es einfach zu laut geworden, weil lauter solche Schreihälse wie du jetzt in dem Haus wohnen."

Die Klasse kichert, und Evi klopft ihr auf die Schulter. „Gut pariert, Sherlock. Und was glaubst du?"

Flora wartet, bis die anderen außer Hörweite sind. „Ich glaube, dass wir das klappernde Mühl-

rad und den Dachboden mal unter die Lupe nehmen sollten."

Ganz vorsichtig schleichen sich die beiden Mädchen am Abend die Treppe hinauf an ihrem Schlafsaal vorbei.

„Ich hatte eigentlich nicht vor, eine Diät einzulegen", meckert Evi leise.

„Psst", Flora hält ihr eine Hand vor dem Mund, „das ist die beste Zeit, jetzt sind alle unten beim Essen, und wir können uns ungestört umsehen." Aber so oft sie auch den staubigen Gang entlang laufen, sie finden keine Treppe zum Dachboden.

„Irgendwie muss man dort doch hinaufkommen." Flora wird ungeduldig. Bestimmt sind die anderen schon beim Nachtisch. Und wer weiß, was Sarah tut, wenn sie den ausgeteilt hat. Gestern Abend ist sie auch gleich nach dem Essen verschwunden. Flora hat keine große Lust, sich von der grimmigen Wirtstochter erwischen zu lassen.

„Schau mal hier", kommt es da vom anderen Ende. Evi steht an einem Fenster, neben dem eine lange Stange mit Kurbel lehnt und deutet auf den Boden. Auf den Dielen ist ein blanker Streifen zu sehen.

Flora hebt suchend den Kopf. „Da!", aufgeregt deutet sie auf ein Viereck, das in der Decke eingelassen ist. „Und wie kommen wir dort hinauf? Fliegen?", will Evi wissen. Doch Flora hat schon kombiniert. Sie nimmt die Stange zur Hand und fädelt sie in die Schlaufe an der Decke. Ein kräftiger Ruck und eine Falttreppe schwebt lautlos hinunter. Die erste Stufe landet genau auf dem Dielenstreifen.

Oben riecht es modrig. Die beiden blicken sich neugierig um: Ein alter Stuhl, ein Besen und Klebeband, das von einer verschlossenen Truhe erst am Boden entlang, dann die Wand hinauf und durch eine Dachluke verläuft. Flora stellt sich auf die Zehenspitzen. Draußen zittern ein paar Drähte im Wind. Unter dem Fenster dreht sich das Mühlrad.

„Ob man damit wohl Strom erzeugen kann?“, überlegt Flora und befühlt das Klebeband. Sie

kann zwei Kabel ertasten. Von irgendwoher schlagen die Glocken acht. Evi rüttelt am Truhendeckel.

Da poltern Schritte die Treppe hinauf. Mit einem langen Sägeblatt in der Hand stürzt Sarah durch die Luke.

„Tu uns nichts, bitte, bitte tu uns nichts!“, quietscht Evi auf und Flora muss lachen.

Unter dem entsetzten Blick ihrer Freundin streckt sie die Hand nach dem Sägeblatt aus. „Darf ich auch mal? Ich mach dir einen Vorschlag, Sarah. Lass uns heute Nacht deine Special Guests sein, und wir verraten nichts.“

Langsam beginnt die Wirtstochter zu grinsen. „Abgemacht. Zu dritt ist es bestimmt noch gruseliger.“

Was meint Sarah damit, und was hat Flora herausgefunden?

Fall 6

Villa Vocken

„Guckt mal, der Juwelendieb hat schon wieder zugeschlagen!“ Daniel hält eine alte Zeitung hoch. Irgendjemand hat sie in der S-Bahn liegen lassen.

Patricia und Muriel quetschen sich neben Daniel auf die Sitzbank. Tatsächlich, da steht es: Der Juwelendieb von Treppstein hat wieder zugeschlagen!

„Wie oft hat er denn jetzt schon eingebrochen?“, fragt Muriel.

„Bestimmt fünf Mal“, überlegt Patricia laut.

„Hier steht, dass es der achte Einbruch innerhalb von vier Wochen ist“, liest Daniel vor, „und die Polizei hat keine Spur!“ Er blättert weiter. „He, da sind auch alle Leute aufgelistet, die bestohlen wurden und daneben kann man sehen, was ihnen geklaut wurde.“

Die drei betrachten aufmerksam die Fotos der Leute und Schmuckstücke, die daneben abgebildet sind.

„Guckt mal, so eine Halskette hätte ich auch gerne!“ Muriel deutet auf eine Kette mit großen roten Edelsteinen.

„Arme Frau Gimbacher, die ist bestimmt sehr traurig, dass ihr die Kette gestohlen wurde“, Patricia betrachtet das Foto. „Sie sieht ziemlich unglücklich aus.“

„Ich hätte gerne die Uhr, die dem Herrn Landowski gestohlen wurde.“ Daniel deutet auf eine dicke, schwere Armbanduhr. „Die ist super!“

„Und bestimmt teuer!“ Patricia betrachtet die Uhr genau.

„Alles, was der Juwelendieb gestohlen hat, ist sehr wertvoll. Guckt doch mal!“ Muriel zeigt auf die anderen Schmuckstücke, die gestohlen wurden: Zwei Ringe, einer mit großem Diamanten, einer mit mehreren kleinen Edelsteinen, ein goldenes Armband, ein Armreif und nochmal zwei Halsketten. Die eine ist aus Perlen, die zweite mit einer Reihe weißer Edelsteine, die in Metall eingefasst sind.

„Nächster Halt: Treppstein!“, schallt es plötzlich durch den S-Bahnwagen. Die drei springen auf. Hier müssen sie aussteigen. Sie stehen am

Fenster und gucken auf den Hügel, der auf der anderen Seite der Straße, die durch Treppstein führt, ansteigt.

Man sieht die alte Burg – eigentlich nur den Turm der Burg, wenn man es genau nimmt. Hier und da stehen ein paar Gebäude zwischen den Bäumen. Die meisten sind Villen. Eine ist besonders auffallend, denn auf ihrem Dach sind einige Dachziegeln in einer anderen Farbe als die übrigen. So ergibt sich ein Fragezeichen.

„Seltsam, warum haben die nur dieses Fragezeichen auf dem Dach?“, fragt Muriel, während sie in den Bahnhof einfahren.

„Das ist doch kein Haus, das ist die alte Villa Vocken!“, verbessert Daniel.

„Wieso denn Villa Vocken?“, fragt Patricia.

„Weil da früher mal die Familie Vocken gewohnt hat.“ Daniel steigt aus dem Zug.

„Und wo wohnen sie jetzt?“, Patricia steigt auch aus.

„Keine Ahnung!“ Daniel zuckt mit den Schultern.

„Villa oder Haus“, Muriel schafft es gerade noch aus der Bahn, „ich will wissen, warum da dieses Fragezeichen ist.“

„Wir können ja mal hingehen und die Leute fragen, die da jetzt wohnen.“ Patricia findet das Rätsel um das Fragezeichen auch total spannend.

„Da wohnt niemand. Die Villa steht seit Jahren leer.“

„Woher weißt du das alles, Daniel?“

„Von meiner Schwester.“

„Wenn sie leer steht, können wir ja mal reingehen und gucken!“ Patricia findet die Idee ziemlich abenteuermäßig.

„Spinnst du, das ist verboten!“ Daniel schüttelt den Kopf.

„Dann gehen wir eben heimlich nachts, dann merkt es niemand.“

„Bestimmt spukt es da drin!“ Muriel ist sich nicht sicher, ob sie Patricias Idee spannend oder gruselig findet.

„So ein Quatsch! Für Gespenstergeschichten bin ich zu alt. Ich gehe da heute Nacht rein.“

„Das traust du dich niemals, Patricia!“ Aber damit hat Daniel das Falsche gesagt, denn jetzt lässt sich Patricia ganz bestimmt nicht mehr aufhalten. Feige ist sie nämlich nicht und gesagt ist gesagt.

„Also, seid ihr dabei?“, fragt sie. „Ihr könnt ja auch draußen warten.“

Daniel mault zwar noch, weil es schließlich verboten ist, aber die Abenteuerlust gewinnt natürlich.

Patricia hat sich den Wecker gestellt, aber sie ist so aufgeregt, dass sie gar nicht einschlafen kann. Vorsichtig schleicht sie durch den dunklen

Flur. Sie will gerade den ersten Schritt auf die Treppe machen, als sie plötzlich eine kalte Hand auf ihrer Schulter spürt. Patricia erstarrt vor Schreck. Ihr Herz klopft. „Patzi, wo willst du denn hin?“

„Mensch Bea!“, zischt Patricia ihre große Schwester an. „Erschreck mich nicht so! Ich bin mit Daniel und Muriel verabredet. Wir wollen in die alte Villa Vocken.“

„Spinnst du? Mitten in der Nacht! Das ist doch gefährlich. Du bleibst hier.“

„Du hast mir gar nichts zu sagen!“, braust Patricia auf. Wie sie es hasst, wenn ihre Schwester sich so aufspielt. Dann überlegt sie einen Moment. Hier hilft nur ein Trick: Scheinbar einlenken, ins Zimmer zurückgehen und dann schnell aus dem Fenster klettern. Damit das Manöver nicht zu auffällig wird, sträubt sich Patricia noch einen Moment, dann geht sie in ihr Zimmer.

„Wo bleibst du denn?“, fragen Daniel und Muriel vorwurfsvoll, als Patricia endlich um die Ecke kommt. Noch ganz außer Atem erzählt Patricia von dem Zusammentreffen mit ihrer Schwester. Dann geht’s los.

Ein altes, verwittertes Holztor versperrt den Eingang des Grundstücks. Doch die drei finden schnell einen Spalt, durch den sie schlüpfen können. Der Vollmond scheint zwischen den Blättern der hohen Bäume hindurch. Ein Vogel schreit. Plötzlich raschelt es im Gebüsch. Alle drei zucken zusammen. Angestrengt lauschen sie in die Dunkelheit. Jetzt ist es wieder still. Sie schleichen weiter bis sie vor der Haustür stehen. Patricia nimmt ihren ganzen Mut zusammen und rüttelt an der Tür. Aber die ist verschlossen.

„Wir kommen nicht rein!“, flüstert Muriel, und ist ein bisschen erleichtert, dass sie nicht in das dunkle Haus muss.

„Vielleicht ist ja irgendwo ein Fenster offen!“ Patricia hat die Abenteuerlust gepackt. Auch Daniel will nicht so schnell aufgeben. Also schließt sich Muriel den beiden doch an. Alleine im Dunklen zu warten wäre nämlich noch viel schlimmer.

Vorsichtig pirschen die drei um das Haus. Steine knirschen unter ihren Füßen.

„Da!“, flüstert Muriel und packt Daniel am Arm, der vor Schreck zusammenzuckt. Patricia hat ebenfalls gesehen, was Muriel entdeckt hat: Ein Kellerfenster ohne Scheibe. Mit der Taschenlampe leuchtet Patricia durch die Öffnung. Hell glitzert zersprungenes Glas auf dem Boden.

„Sieht irgendwie aus, als wären die Scherben noch nicht so lange da“, findet Muriel „sie sind gar nicht zugestaubt.“ Aber ob alte oder neue Scherben, Patricia ist nicht mehr zu bremsen. Sie klettert als Erste hinein. Daniel und Muriel folgen ihr vorsichtig, um sich nicht zu verletzen.

Es riecht nach muffigem Keller. Muriel wischt sich eine Spinnwebe aus dem Gesicht. Ein kalter Schauer läuft ihr über den Rücken, wenn sie daran denkt, dass hier überall große Spinnen sitzen, die sie wahrscheinlich beobachten. Ängstlich aber doch neugierig pirschen sich die drei durch den Keller, bis sie die Treppe nach oben finden.

Sie kommen in eine alte Küche. Gespenstisch leuchtet der Mond durch das Fenster. Ein alter Küchenschrank steht an einer Wand. Eine der

Türen steht offen, und man sieht ein paar Tassen. Sie schleichen weiter und kommen ins Wohnzimmer. Auch hier sind noch Möbel: ein altes Sofa, ein Tisch und in der Ecke eine Holzkiste.

Patricia geht zu der Holzkiste und leuchtet mit der Taschenlampe hinein. „Was ist denn das? Kommt mal! Kommt mal, schnell!", ruft sie aufgeregt und vergisst dabei, leise zu sein. Daniel und Muriel stürzen herbei.

„Unglaublich!", ruft Muriel und bückt sich, um in die Holzkiste zu greifen.

„Ein Schatz!", ruft Daniel aufgeregt.

Muriel greift mit beiden Händen in die Kiste und holt lauter glitzernde Schmuckstücke heraus. Vorsichtig breitet sie alles auf dem Boden aus. „Wie kommt denn der Schatz hier her?“, fragt sie.

„Vielleicht hat der alte Besitzer den Schmuck hier vergessen“, überlegt Daniel.

„Ob wir die Sachen behalten dürfen? Dann sind wir bestimmt reich!“ Patricia bückt sich zu Muriel, um den Schatz besser betrachten zu können. Da liegt eine Kette mit großen roten Edelsteinen, zwei Ringe, einer mit großem Diamanten, einer mit mehreren kleinen Edelsteinen, ein goldenes Armband, ein Armreif, und noch mal zwei Hals-

ketten. Die eine ist aus Perlen, die zweite mit einer Reihe weißer Edelsteine, die in Metall eingefasst sind.

„Ich glaube, das ist kein Schatz“, sagt Patricia

dann langsam. „Guckt doch mal! Fällt euch nichts auf?“ Die beiden gucken ebenfalls genau hin.

„Das ist der gestohlene Schmuck! Ich erkenne alles wieder!“, ruft Muriel aufgeregt.

„Ja“, erkennt jetzt auch Daniel, „alles dabei.“

„Wir müssen der Polizei Bescheid sagen, dann können sie die Villa heimlich beobachten und so vielleicht den Dieb schnappen!“ Muriel ist ganz aufgeregt.

„Ich denke, ich weiß wer der Dieb ist“, flüstert Patricia. „Einer der Bestohlenen hat gelogen!“

Ist deine Spürnase auch so gut wie die von Patricia?

Fall 7

Die Legende aus der Lehmgrube

„Hast du alles für euer Picknick, Schnackelchen?“ Marions Mama steckt den Kopf in die Küche, wo ihre Tochter gerade dabei ist, Folie über den Kartoffelsalat zu ziehen. „Ich hab dir extra noch eine Tube Kräutersenf besorgt, den isst du doch so gerne. Und dann ist auch noch was von den leckeren Käsetaschen von gestern übrig ...“

Marion muss grinsen. Wenn ihre Mama so weiter macht, schleppt sie bald den ganzen Kühlschrank hoch in die Lehmgrube.

„So, jetzt mal los! Viel Spaß ihr vier!“ Marion bekommt noch einen extradicken Schmatzer auf die Backe und macht sich auf den Weg.

Wenn ihre Mama wüsste! Klar, Picknicken ist toll, aber eigentlich trifft sie sich mit Judith, Nik und Tom, um mal wieder einen richtigen Gruselabend zu verbringen. Abwechselnd denkt sich einer der vier eine besonders schauerliche Geschichte aus, die er den anderen dann erzählt.

Heute ist Nik an der Reihe, und weil der schon die ganze Woche über geheimnisvolle Andeutungen gemacht hat, ist Marion besonders gespannt. Es war auch seine Idee, sich bei der alten Ruine in der Lehmgrube zu treffen: „Denn nicht immer passieren die gruseligsten Geschichten in einer Villa!“

Querfeldein marschiert sie durch die Äcker, die gleich oberhalb ihres Hauses beginnen, und schlittert dann den steilen Erdweg hinunter.

Ein gespenstisches Licht kommt von dem Steinhaufen, der vor vielen Jahren mal ein Haus gewesen sein muss. Marion schleicht sich von hinten an, dort wo noch eine kleine Mauer steht, und quetscht sich durchs Gestrüpp. Beinahe wäre sie über den zugemauerten Brunnen gestolpert, so dicht bewachsen ist hier alles.

Ihr Vater hat ihr erzählt, dass dort vor etlichen Jahren beinahe mal ein kleiner Junge hineinge-

fallen wäre. Danach wurde der Brunnen aus Sicherheitsgründen dichtgemacht.

Marion steigt über einen Haufen Steine und schiebt sich durch einen zerfallenen Türbogen. Das hier muss einmal die Küche gewesen sein. In der alten Feuerstelle hat ihr großer Cousin schon mal ein Grillfest veranstaltet. Sie linst um die Ecke, jetzt weiß sie auch, woher das Licht kommt: Nik hat Windlichter mitgebracht. Unheimlich flackern die Kerzen.

„Buh!", ruft sie, als sie hervorhüpft und muss sofort lachen. Ihre drei Freunde sehen wirklich zu komisch aus. „Ich bin's doch nur!"

„Mensch, Marion, das war echt gemein!", hickst Judith, die immer einen Schluckauf bekommt, wenn sie sich erschreckt. Auch Tom schaut sie entsetzt an.

Nur Nik macht eine coole Handbewegung. „Pah, ich hab gewusst, dass du das bist." Er lügt, Marion hat genau gesehen, wie weiß er plötzlich im Gesicht wurde. Kurze Zeit später sitzen die vier auf einer Decke und futtern.

„Na, dann lass mal deine schauerliche Schauergeschichte hören“, murmelt Tom mit vollem Mund und stupst Nik in die Seite.

„Ich wollte euch nur nicht den Appetit verderben“, entgegnet der großspurig, „aber wenn ihr *so* darum bettelt ...“

Judith und Marion grinsen sich an. Nik ist voll in seinem Element. Gleich wird er wieder sein Hüter-der-Gruft-Gesicht aufsetzen und die Stimme senken. Das macht er immer so. Dann streckt er den Hals vor und zieht eine Schulter hoch, als hätte er einen Buckel. Nik ist felsenfest davon überzeugt, er sei der weltbeste Gruselgeschichtenerzähler. Und da geht es auch schon los. Mit

rollenden Augen und tiefer Stimme beginnt er zu erzählen.

„Was ihr heute Abend zu hören bekommt, wird euer Leben verändern. Nie wieder werdet ihr an diesen Ort kommen, ohne euch ängstlich über die Schulter zu blicken, denn was ich euch erzähle, ist eine wahre Geschichte."

Tom nimmt sich noch einen Schlag Kartoffelsalat und nickt beifällig. „Starker Anfang, Kumpel, aber du willst uns doch jetzt nicht mit einer dieser lahmen Legenden über das verfluchte Haus in der Lehmgrube langweilen, oder?"

Nik wirft ihm einen ärgerlichen Blick zu. Er mag es gar nicht, wenn ihn jemand unterbricht. Und noch weniger mag er es, wenn jemand an seinen Geschichten zweifelt.

„Du wirst dich noch wundern!", behauptet er ärgerlich und räuspert sich dann schnell, um wieder in seine unheimliche Erzählerstimme zu fallen. „Vor mehr als hundert Jahren stand hier in der Lehmgrube ein einsames Haus. Unser Dorf war noch viel kleiner, und hier oben wohnte sonst niemand. Nur der alte Hirte, den alle Einheimischen Drachenauge nannten, denn angeblich konnte er im Dunkeln sehen. Ganz alleine hauste der hier mit seiner Ziegenherde und hatte keine Freunde. Niemals ging er hinunter in das Dorf, niemand besuchte ihn. Und keiner wusste, was er in seinem kleinen Steinhäuschen so trieb. Vermutlich wäre das auch so geblieben. Aber dann entdeckten die Dorfbewohner etwas höchst Seltsames: Alle Regenwürmer und Schnecken waren auf einmal verschwunden."

Marion kichert. „Na, da hat halt jemand gerne Weinbergschnecken mit Kräuterbutter gefuttert. Meine Oma mag die auch so gerne."

„Ihhh!" Judith ekelt sich.

Und Tom muss gleich noch einen draufsetzten

„Oh, *das* war also das Glitschige in deinem Kartoffelsalat, Marion! Hat den etwa deine Oma gemacht?“

Nik schüttelt ärgerlich den Kopf. „Schweigt, Sterbliche, und lauschet meinen Worten!“ Er ist nicht mehr zu bremsen. „Die Schnecken wären wohl auch nicht das Problem gewesen, immerhin fraßen die immer große Löcher in die jungen Salatblätter. Aber die Regenwürmer fehlten den meisten Bauern und Gärtnern sehr. Gerade in so einer Lehmgegend wie hier bei uns. Schließlich weiß jedes Kind, dass sie den Boden auflockern. Nach und nach verkümmerten die Ernten. Die Kartoffeln wurden klein und kleiner, erdrückt von der schweren Erde, und auch Karotten und Wurzeln bekamen kaum noch Luft zum Atmen. Den Dorfbewohnern stand ein langer, harter Winter voller Hunger bevor.“

Toms Magen knurrt, und er nimmt sich schnell noch mal Nachschlag. Offensichtlich reicht schon das Wörtchen Hunger bei ihm aus, um ihn hungrig zu machen.

Nik senkt die Stimme. „Die Dorfbewohner bekamen es mit der Angst. In ihrer Not entschlossen sich einige der Mutigsten, hier herauf zu kommen, um Drachenauge zu befragen.

‚Unsere Ernte ist verdorben, kennst du die Ursachen, Drachenauge?' fragten sie ihn.

Doch Drachenauge schüttelte nur stumm den Kopf und brummte abweisend in seinen Bart: ‚Nein, weiß ich nicht. Was sollte ich denn mit Weichtieren?'

Die Dorbewohner wollten schon umkehren, da fiel dem schlauen Nikolaus etwas auf: Niemand hatte dem Hirten gesagt, dass es um verschwundene Schnecken und Regenwürmer ging! Also musste er etwas wissen. Und so versteckten sie sich im Gebüsch, bis er seine Ziegenherde auf die Weide trieb, und brachen dann heimlich in sein Haus ein. Und ratet, was sie dort fanden?"

Nik macht eine Kunstpause, bevor er den Rest seiner Geschichte flüstert. „In seiner schmutzigen Küche fand man die Schnecken und Regenwürmer in Einmachgläsern ..."

„Hicks“, macht da Judith und schüttelt sich noch mehr.

„Auf dem Herd aber brodelte ein abscheulich riechendes Hexengebräu. Drachenauge war ein Zauberer! Kaum hatten die Dorfbewohner mit den wenigen noch lebenden Tieren das Haus verlassen, gab es einen Kurzschluss und der Herd explodierte! Kein Stein blieb auf dem anderen, und alle Beweise wurden vernichtet. An diesem Tag kam Drachenauge nicht von der Weide zurück, und auch seine Ziegen wurden nie wieder gesehen. Einige glauben, dass sein ruheloser Geist noch immer hier herumspukt, auf der Suche nach Regenwürmer und Schnecken, mit denen er seine Zaubermittel herstellen kann."

Alle schweigen. Tom und Judith blicken sich ängstlich um. Irgendwo bellt ein Hund.

Marion schüttelt sich. War das etwa ein Wurm, der ihr da gerade über die Hand geschlüpft ist? So ganz wohl ist ihr nicht, hier im Dunkeln. Doch irgendetwas stimmt nicht – genau! – sie weiß auch, was es ist. „Schöne Geschichte", lächelt

sie ihren Freund an und klopft ihm auf die Schulter, „toll erzählt und alles. Beinahe hättest du mich auch überzeugt. Aber wahr ist diese Legende sicher nicht, und das kann ich auch beweisen."

„Was?" Nik ist entsetzt. „Wie willst du das denn beweisen?"

Tja, wie wohl. Hast du gut genug aufgepasst?

Lösung Fall 1:

Bürgermeister Kralle will ein Einkaufszentrum am Rande des Dorfes errichten. Die passenden Grundstücke hat die Stadt bereits gekauft. Nur Marthes Villa liegt noch mitten in dem geplanten Gebiet, und Marthe hat nicht vor, auszuziehen. Deswegen hat Herr Kralle ihr nicht nur die Elektrizität gekappt, sondern macht die alte Dame auch noch vor den anderen schlecht. Er hofft, dass sie irgendwann in die Knie gezwungen wird und ihr Grundstück verkauft. Und natürlich gräbt sie auch nicht heimlich nach Gold. Vor ein paar Tagen hat sie ihren lieben Schäferhund Carlo tot im Garten gefunden. Da er wahrscheinlich vergiftet wurde, untersucht ihn noch der Tierarzt, aber Marthe hat schon mal ein Grab für ihn geschaufelt. Sie macht also nichts anders als Maja auch: Sie beerdigt ihren geliebten Hund in ihrem Garten.

Lösung Fall 2:

Clemens wollte die Halloween-Party wohl etwas gruseliger machen. Also hat er sich heimlich in den Keller geschlichen und die Sicherungen rausgedreht. Dummerweise ist sein Kostüm sehr unpraktisch. Das Gepolter, das einige gehört haben, bevor der Strom ausfiel, waren die Farbeimer aus dem Regal. Neles und Clemens' Papa hebt sie später auf. Clemens ist mal wieder mit den Ästen seines Kostüms an Gegenständen in einem Regal hängen geblieben. Wie schon am Tag zuvor, als er in seinem Zimmer die Bücher runtergefegt hat.

Lösung Fall 3:

Jan hat eine Reihe von Indizien entdeckt, die ihn auf die Spur des Tankstellenräubers führen. Und das ist ein alter Bekannter: der Busfahrer. Einer der Tankstellenräuber bittet einen seiner Kumpels um eine Taschenlampe, die so klein ist, dass sie als Lämpchen bezeichnet wird. Und so eine Minitaschenlampe hat der Busfahrer an seinem Schlüsselbund. Dann entfernt der Tankstellenräuber mit der Minitaschenlampe irgendwo ein Stück Papier, das ihn angeblich schon den ganzen Tag stört. Jan erinnert sich, dass er dem Busfahrer eine Papierkugel in das Glöckchen gesteckt hat. Als er dann das Kaugummipapierkügelchen sieht ist ihm alles klar.

Lösung Fall 4:

Natürlich hatte Felix Recht, es gibt gar keine Gespenster. Aber Tante Grete hatte schon einen Grund, so zu tun als ob. Denn das Schachspiel, das der alte Ben vorschlug, als er merkte, dass er nicht offen sprechen konnte, war nichts weiter als ein Code. Ben, Gudrun, Heinz und Grete schleichen sich nämlich hin und wieder abends aus dem Heim. Nicht um Kirschen zu mopsen, sondern um auszugehen. Vermutlich sind sie gerade jetzt in einer verrauchten Dorfkneipe und kickern fröhlich um die Wette. Der lange, schwarz gekleidete Mann war Ben, der runde Geisterball war die dicke Gudrun, und der gruselige siamesische Zwilling niemand anderes als Grete, bei der der einbeinigen Heinz hinten auf dem Rollstuhl mitfuhr.

Lösung Fall 5:

Sarah betreibt auf dem Dachboden des Wirtshauses einen Piratensender. Zwei Stunden jeden Abend sendet sie auf einer freien Frequenz ihre selbst erfundenen Gruselgeschichten. Diese Schallwellen waren es auch, die die Fledermäuse zu ihrem Auszug bewegt haben. Wahrscheinlich war ihnen das Gebrumme der Radiowellen zu unangenehm. Das Sägeblatt benutzt die Gespenstermoderatorin, um gruselige Geräusche zu machen. Wenn man es biegt und mit einem Stock daran entlang fährt, kann man nämlich Töne erzeugen.

Lösung Fall 6:

Patricia hat messerscharf kombiniert. Die drei haben eine Kette mit großen roten Edelsteinen, zwei Ringe, einer mit großem Diamanten, einer mit mehreren kleinen Edelsteinen, ein goldenes Armband, einen Armreif, und noch mal zwei Halsketten, eine aus Perlen, die zweite mit einer Reihe weißer Edelsteine, die in Metall eingefasst sind, gefunden. Es fehlt die Armbanduhr von Herrn Landowski, die Daniel so gerne haben wollte. Herr Landowski hat angegeben, bestohlen worden zu sein, um so den Verdacht von sich abzulenken.

Lösung Fall 7:

Marion ist auf dem Weg zu ihrem Gruselpicknick nicht nur der Brunnen, sondern auch die Feuerstelle aufgefallen. Das Haus stammt noch aus einer Zeit, zu der zum Kochen Feuer angemacht und das Wasser aus dem Brunnen geholt werden musste. Der alte Ziegenhirte war seiner Zeit sicherlich nicht so weit voraus, eine Elektroleitung für seinen Herd zu installieren, um darauf sein Süppchen zu kochen. Aber ohne Elektroleitung kann es auch nicht zu einem Kurzschluss kommen. Nik hat sich eine wirklich gruselige, aber nicht ganz stimmige Geschichte ausgedacht.

Die Autoren

Ulrike Rogler, MA Germanistik, Geschichte, Psychologie, wurde 1971 in Frankfurt-Höchst geboren. Die Autorin arbeitet u.a. als Redakteurin für Funk und Fernsehen, für diverse Magazine, Kinder- und Jugendzeitschriften und schreibt Kinderbücher. Sie hat die Reihe Lesefix Ratekrimis zusammen mit Simone Veenstra konzipiert und ausgearbeitet. Ulrike Rogler lebt als freie Autorin und Journalistin in Berlin.

Simone Veenstra, MA Film, Theater und Literatur, wurde 1971 in Hanau geboren. Ihre Ausbildung absolvierte sie in Erlangen, Groningen, Berlin und New York. Die Autorin ist u.a. als Redakteurin für verschiedene Magazine und Kinderzeitschriften tätig. Darüber hinaus hat Simone Veenstra die Serie Lesefix Ratekrimis gemeinsam mit Ulrike Rogler konzipiert und ausgearbeitet. Derzeit arbeitet die Autorin an Kinder- und Jugendbüchern und -drehbüchern, Krimis, Kurzgeschichten, einer Märchensammlung und an einem populären Sachbuch. Die Autorin lebt und arbeitet hauptsächlich in Berlin.

Die Illustratorin

Gisela Dürr studierte an der Fachhochschule in Mainz Kommunikationsdesign. Nach dem Abschluss ihres Studiums ging sie als Stipendiatin an die begehrte Schule für Gestaltung in Zürich. Mit einem feinen Gespür für die kindliche Fantasie- und Vorstellungswelt hat sie inzwischen zahlreiche Kinderbücher illustriert. Bereits zweimal war sie mit ihren Arbeiten auf der internationalen Kinderbuchausstellung in Bologna vertreten.

Lesefix Ratekrimis

In dieser Reihe erschienen:

ISBN 3-8112-2546-4

ISBN 3-8112-2205-8

ISBN 3-8112-2204-X

ISBN 3-8112-2203-1

ISBN 3-8112-2202-3

Format: 14,4 x 21,0 cm, 96 Seiten,
durchgehend farbig illustriert

gondolino